청어詩人選 288

삶은, 덜 채워도 꽃피는 진실

가람 시집

도서출판
청어

시인의 말

시에게 날개를 달아주고자 합니다.
무슨 말인고 하니,
시집을 상재하면서 저명한 평론가에게 평설을 부탁했는데,
평론을 사양하면서 하시는 말씀.
"당신 시는 나 혼자 평을 하는 것보다는
많은 평론가들의 몫으로 남겨 두고 싶다"는 것이었습니다.
당황한 마음에 생각이 깊어졌습니다.
"그래… 저작권부터 없애고 시에게 날개를 달아 주자."
저작권은 문학을 포함한 모든 예술의 활성화에
족쇄가 될 수 있다고 생각했기 때문입니다.
그리하여, 시집『술 −삶은, 덜 채워도 꽃피는 진실』은
출간일로부터 5년간 출판사와 협의 하에
저작권 행사를 하지 않기로 하였습니다.
물론, 한국저작권협회에도 통지를 할 것입니다.
저는 시를 자유롭게 놓아주는 것일 뿐,
정작, 시에게 날개를 달아주는 건 글을 사랑하는 독자님들과
평론가 및 언론매체들일 것입니다.

생각하게 하는 시.
읽을수록 생각의 폭을 넓히는 시를 쓰고자 합니다.
제 시가 멀리 날아갈 수 있도록
많은 분들의 사랑을 당부 드립니다.

2021. 5. 16.
치악산 죽현당에서
저자 가람

차례

1부 삶은, 덜 채워도 꽃피는 진실

2부 신의 음식

3부 홀로 하는 합주

삶은, 덜 채워도 꽃피는 진실

삶은
덜 채워도 꽃피는 진실
돌돌돌 흐르는 시간 여행 속에
터덜거리며 달리는 자아가 낯설다
고요와 사랑이 익고
여명이 익어 저녁노을이 되고
파도는 하얗게 부서져도 말이 없다

설중매

뭐가 그리도 고고 하냐
춘설이 녹기도 전에 피었네
뭐가 그리도 성급 하더냐
따듯한 봄날에 피어도 될 걸

아니오, 아니오
만발하여 시끄러운 세상이 싫다오
지천에 피어 조잘대는 꽃들
저 잘났다 나불대는 꽃들

시린 삶의 설중매
언 땅 설한풍에 꽃잎 내어
청솔가지, 흰 구름과 목례하는 기쁨

동토의 침묵을 깨고
생각의 한계를 깨고
봄을 알리는 상서로움
찬바람 이기는 기쁨이면 되오

눈사람

눈사람 둘이서
세상 이야기를 하고 있다
눈사람은 겉과 속이 똑같이 하얗다
온 세상을 평화의 흰 눈으로 덮어 놓고
겉 다르고 속 다른 이야기가 아닌
겉과 속이 똑같이 하얀 이야기를 나누고 있다
토마토도 진실하다
겉이 빨간 토마토는 속도 빨갛고
겉이 푸르면 속도 덜 익어 푸르다
겉과 속이 똑같은 진실에서 얻는 공감
그런 하얀 가슴 한 줌 나누고
감성과 이성이 맑음으로 우러나는 향기
눈사람 같은 하얀 가슴의 인연…

글의 정의

바늘귀에
아무 실이나 꿸 수는 없지만
실을 꿰어야 한 땀의 쓸모가 있는 것 바늘
홀로는 무기가 아닐지라도
누비고 간 자리에는 뚜렷한 흔적을 남긴다
소수가 다수를 못 이길지언정
다수가 반드시 옳은 것은 아니다
하여튼, 여하튼, 좌우지간
써야 하는 건 쓰는 게
문학의 정의요, 글의 힘이다
글은 세상의 바늘이다

삶은, 덜 채워도 꽃피는 진실

삶은
덜 채워도 꽃피는 진실
돌돌돌 흐르는 시간 여행 속에
터덜거리며 달리는 자아가 낯설다
고요와 사랑이 익고
여명이 익어 저녁노을이 되고
파도는 하얗게 부서져도 말이 없다
묻지 않아도 가야 할 운명
합치고 채워도
물 위에 기름 돌듯이 둥둥 떠 있다가
끝끝내는 비우고 떠나가는
삶은
세월의 천착 속에
덜 채워도 꽃피는 진실

용설란

척박한 땅에 세월을 박고 사는 용설란
젖 먹던 뿌리 힘까지 당겨
꽃 대궁을 하늘 높이 밀어 올린다

수십 년만에 딱 한 번 꽃을 피우고
미련 없이 생을 마감하는 용설란

꽃 한 번 피우기가 그렇게 힘들었나 보다

뙤약볕에 타들어가는 힘 다 소진하고
화려하게 죽음을 위해 피우는 꽃을 보았는가

산다는 건 꽃을 피우기 위해 서서히 죽어가는 것
살아있는 당신은 아직 꽃을 피우지 않은 거다

절화

내 사랑의 꽃은 상처

상처의 꽃은 봄에도 피어나지 않는다

초벽의 봄

피지 않는 꽃을 기다리며 절화를 들고

꽃보다 아름다운 상처를 위하여

사람을 만나고 싶다

꽃 상처이고 싶다

11월은 시의 달

11월은 시의 달
시로서 시를 묻고
낙엽 한 잎 저물어도
시의 이름으로 삶을 묻고
시가
가슴까지 오지 못하는 사람도
시인이 되어 온통 붉은
사람이 시가 되고
시의 삶이 그리운
11월은 시의 달

겨울 단상

겨울은 속이 훤히 보여서 좋다
낙엽 떨군 나목들 사이로 눈 쌓인 땅
나무의 숨결이 보인다

속을 보이는 솔직함이 참
스스로의 속내를 감추며
진솔함을 이용하는 인격은 싫다
이중적인 잣대로 저울질하는 인간도 싫다

물은 얼음이 되기까지 시려운 속내를 보였다
딱딱한 얼음의 결정은 투명하지 아니한가
차가워도 딱딱해도 속이 보이는 맑음

겨울은 속이 훤히 보여서 좋다
낡은 유리창 틈으로 자신을 속이지 말고
나목이 되어도 당당함으로 하늘을 보자
하늘에 부끄러움이 없는 삶은 맑음

친구에게

친구야
힘들면 살짝 꾀도 부리고
마음의 짐이 있거든
그저 슬며시 내려놓는 것도 괜찮아
힘들게 들고 있으니 힘이 드는 거야
힘도 빼고 살도 빼고
필요한 거 외에는 다 던질 줄 알아야 해
스스로를 깨닫는 것이 어려울지라도
네가 누군지를 모르고 산다는 건
평생을 돌이켜 슬픈 일이야
누구나 가는 길에
피할 수 없으면 돌아 갈 줄도 알아야 해
테두리 안에서 알맹이를 찾는 동안
껍데기를 남기고 떠나는 사람들이 많아
매 순간 순간 상황은 다른 거고

시기라는 것이 있는 거야
힘들지 않는 삶이 없기에
어깨에는 조금씩의 짐을 지고 가자구
너만 어려운 것이 아니거든
힘들게 들고 있으면 힘들 수밖에 없으니
살짝 내려 놔 봐
그때부터 새로운 길을 찾으면 되는 거야

수평선

이성으로
이해할 수 없는 곳

눈앞에 있지만
가장 멀리 있는 곳

바다에 가야 하는
이유를 간직한 곳

해를 먹고 달을 먹고
아침을 잉태하여
희망을 낳는 곳

수평선은
벅차게 느껴야 할
가장 낮지만 가장 높은 곳

상생의 손

힘이 들면
하늘을 보고 바다를 보자
상생의 손
호미곶에 가면 하늘을 떠받치고
긴 말 하지 않아도 느낌이 하나인
나를 보듯 너를 보고, 너를 보듯 나를 보는 거울이 있다

상생을 위한 정
삶이 필요로 하는 길을 걷기로 하자
나로 인해 네가
너로 인해 내가 행복함이 올바른 상생

베풂은 적선이 아니라 삶의 도리요
지식이 겸손을 모르면 무지한 것이다
작은 배려를 달구워 가는 삶
같은 생각으로 마주 보는 호미곶 손
상생의 손을 바라보다 사색의 끝에 서면
내가 너이고 싶다

별나리꽃

네가 그랬었지
유독 대궁이 긴 꽃이 잡풀 속에 돋보였어
별꽃으로 우뚝 서서 하늘거리는 나리꽃
멀리 보고, 넓은 세상을 보려 했어
자유의 열망이 과했을까
나쁜 예감은 늘 적중하듯
돋보임을 시기하는 바람에 흔들리더군

세상은 다 그런 것일까
흔들리면 흔들리는 대로 너의 길을 가라
벼랑에 핀 꽃이 아름답고 시기는 시기일 뿐이다
세상의 짐은 내려놓는 것이 아니라 계속 지고 가는 것
도전은 실패라도 괜찮고
성취와 성공은 시도하지 않은 자에겐 오지 않기에
실패는 균형을 잡아주는 활력소

나리꽃
하늘거리며 잡풀 헤집고 우뚝 솟은 나리꽃
별꽃으로 태어나 별 같은 하늘을 보았다면
꽃봉오리 터지던 결연한 심정으로 피어서 가고
죽을 땐 오롯한 지순으로 살은 채로 죽어라

행복의 진실

행복은 하늘의 뜬구름일까
행복을 잡으러, 꽃을 잡으러 새가 되는 사람들
물질로 채울 수 없는 행복은 마음속의 느낌일까
그래, 행복은 기분 좋은 작은 느낌에서 오는 것
아니, 경험이지
느낌은 경험에서 오는 거니까
더 넓은 바다를 보면 탁 트이는 마음
힘들게 계곡을 건너 산에 오르는 땀방울의 상쾌함
경험이 주는 새로움과 신선함이 행복이지
그런데, 그런데 말야
그 느낌과 경험은 관계에서 온다는 걸 알았어
내가 가진 것들과의 관계
꽃과 새와 내가 접하고 있는 인류과의 관계
내가 좋아하는 관계에 행복이 있는 거야
하고 싶은 일의 성취에서 오는 행복

사랑하는 이웃과의 관계, 사람과의 관계
그래… 바로 그것이었어… 사람…
모든 걸 다 가져도 사람을 얻지 못하면 행복은 없는 거야
사람이 행복이고 사람이기에 행복하고 싶은 거야
그래… 결국
행복의 진실은 사람이고 스스로 만드는 거야

뱀의 변론

땅바닥을 기어 다니는 낮은 포복
더 이상 낮출 몸이 없다
안 먹었으면 안 먹었지
죽은 고기는 절대로 먹지 않고
차라리 안 먹어도 석 달은 살 수 있다
수풀을 휘저어 다니며 살고
남의 것은 탐내지도 빼앗지도 않는다
속세를 타고 흐르는 물보다
산중의 아침 이슬을 마시고 산다
뭇사람들이 이유 없이
시기하지만 개의치 않는다
주는 것 없이 싫어하는 그대들
건드리지 마라 나도 성질은 있다
열 받으면 콱 물어버릴 테니까

동백꽃

수줍어 수줍어하며
겨울에 피는 꽃
붉다 못해 선혈이 뚝뚝 떨어질 것 같은 꽃
여름을 삭히고 가을을 삼키고
하냥 못내 섭섭한 울음
기다리다 기다리다
추위를 뚫고야 꽃이 피었네
붉디 붉은 꽃잎에 쌓인 노오란 속살
꼬투리 채 툭~ 떨어지는 날 웃었다

떠나감도 사랑입니다

떠나감도 사랑입니다
그대도 바람 따라 떠나갔습니다
떠나기 싫어 안달하던
그렇게 더웠던 혹서의 여름도 떠나갔습니다
가기 싫다고, 떠나기 싫다고 아니 가도 될까요
마지막 발악으로 후줄근히 내린 비에
계곡물이 불고 강물이 출렁입니다
바위 사이로 작은 돌을 굴리며 물이 떠납니다
하늘은 맑고 신선한 바람이 콧등을 스치는데
귓가에 들리는 매미 소리가
왠지 힘이 없습니다
여름을 따라 떠나는 사랑을 아는 게지요
매미야 너는
한 세상 열정으로 살다가 먼저 가는 구나
남은 이의 몫을, 남은 이의 책임을
목 터져라 외치고 떠나가는 구나
강가의 바위와 나무와 갈대숲으로 흩어지는
바람을 탄 대금소리가 세월을 반추하고 있습니다
때를 알고 떠나감도 사랑입니다

작은 노력

누군가를 위하여
나무를 다듬고
사포질을 하고
서각 칼을 놓으면 시를 쓴다

즐거움과 함께 가는 시간은 행복

나는 할 수 있으나
남은 할 수 없는 게 있고
나에겐 귀중하지 않은 공예품 하나가
남은 정말 갖고 싶은 애호품 일 수 있다

간절히 원하던 것을 얻었을 때의 기쁨
작은 노력 하나가 행복을 줄 수 있다면
가슴 떨리는 설레임을 주자
살가운 정이 오고 가는 배려
이 또한 향기로운 삶, 기쁨 아닐까

그때

산너울을 휘가리며
펄펄 함박눈이 내리고
삶이 담아 낼 수 없는 시간 속으로
수북수북 자연이 쌓입니다
솔가지에 쌓인 눈이 후두둑 떨어지고
감당하지 못할 그리움도 후두둑 떨어집니다
자연이 만드는 소리, 사랑이 만드는 소리
많이 하는 사랑이 더 아프고
애틋한 영속으로 이어지기에
하루에 하루를 더하여 그때를 기억합니다
망각을 접은 생각 속에 떠오르는 얼굴
솔가지 위에 눈을 이고 선 영상이 됩니다
온 세상이 하얀 설국
뒹굴어도 뒹굴어도 아프지 않을 눈 세상
하얀 눈 위에 빠알간 장미를 그리며
온 밤을 부둥켜안고 물어도
아슴히 그리운 것은 그때입니다
설공주 보다 더 순백한 당신이기에…

돌탑

무심으로 앉은 돌
물 따라 굴러다니는 돌

말 없는 돌이 생각을 부르고
차곡차곡 쌓아 올리면 돌탑이 됩니다
널부러져 있던 돌이 아니라
말문을 열어 가슴의 소원을 빌게 합니다

오랜 침묵…
지우지 못한 눈빛 하나가
돌탑에서 걸어 나오고
챙기지 못한 마음 하나가
화석 같이 돌 속에 남습니다

흔한 돌의 이름이
갈망의 마음에 생기를 불어 넣고
돌탑에 비는 불멸의 염원
너는 나, 나는 네가 되어 흐르는 합장
두 손 모으는 숭고함입니다

장미

자존을 위한
고고한 정념
아름다움엔 가시가 있어야지
밋밋한 애정표현이야
싱거운 소설 같은 것
범접하지 못하는 가시의 매력

꽃 중의 꽃이기에
스스로 타는 외로움
꺾이지 못하는 외로움도 있는 거야
꺾을 이 감히 누구랴만
존재에 걸맞는 지존을 기다리지
타오르는 욕망이 없는 장미는
존재의 의미를 상실하는 거야
향기의 매혹은
스쳐도 절정인 것을…

여름의 열정을 넘어
가을에도 장미는 피는 거야
가을에 피는 장미의 고혹
아름다움은 서산 노을이 아쉽다
청춘이 청춘이 아닐 때
사랑의 진미를 알고
인생이 가을로 물들 때
삶의 의미를 터득하는 장미
온몸을 쑤시고 온 계절을 쑤시고
아름다움을 피우는 것이
장미의 열정이요, 진실인 것을…

광복절에

광복절에는
내 영혼이 몸으로부터 독립을 한다
현해탄을 건너 일본의 야스쿠니 신사로 가야지
치솟는 혈기의 영혼이 조선총독들을 처단하고
전쟁 범죄자 히로히토 천황이란 작자를 만나야지
역사적인 독립은 또 하나의 승리
대한민국의 이름으로 항복을 받아내고
원한 맺힌 36년을 보상 받아야겠다

고쟁이 속 줌치에 돈을 숨기고
헛간 두엄 밑에 자금을 숨기며 독립운동을 했건만
우리는 우리 힘으로 독립하지 못한 것이 원통스럽다
왜놈들이 사죄는커녕 또다시 튀는 오만방자함
대한민국을 업신여기는 파렴치한들을
민족의 이름으로 단죄하고 무릎을 꿇게 해야겠다

이토 히로부미를 다시 한번 총살 시키고
일제에 동조한 밀정들을 색출해 동해에 수장시켜야
독립운동에 헌신한 선열들의 면목이 서지 않겠는가
민족의 영혼들은 알고 있다
수천 년 동안 일본을 통치한 건 한민족이라는 걸…
그리고, 본시 대마도는 한국 땅이기에
반드시 돌려받아야 한다는 걸…
광복절에는
내 영혼이 몸으로부터 독립하여 열사가 된다

헤밍웨이

헤밍웨이
그는 골초에다 술꾼이었다
행동하는 실천가
세계 대전 참가는 그의 양심이었지

유럽 나라의 전쟁들은
문학 소산의 원천이었고
키웨스트는 바다위에 꽃피우는
문학의 산실이었다

인간의 비극과 존재를 다루면서
그 자신 또한 불안한 존재였기에
과대망상증으로 대어를 쫓아 다녔을까
킬리만자로의 표범 같은 문학가

간결한 문체의 자전적 인간미에 매료되어
동서양을 막론하고 그 이름의
커피숍, 카페, 레스토랑이 즐비하지

이혼의 자유를 만끽한 그였지만
애로틱한 소설은 쓰지 않았어
"인간은 패배하기 위해 태어난 것이 아닌" 그였으니까

아직도 종은 울리는데
아직도 칼리만자로의 표범은 살아 있는데
무기여 잘 있거라며
무기로 생을 마감한 불굴의 영웅

땅끝 마을에서

해남 땅끝 마을…
땅의 끝이요 바다의 끝인가
끝이라 함은 곧 시발점
땅의 시작이요 바다의 시작
땅끝 마을은 곧 시작점이었다
세계의 동쪽 끝 나라가 한반도란다
영어로는 far east country
왜 땅끝 나라란 말인가
끝이 아니라 동방의 시작이요, 세계의 시작
문화의 시작이요, 꿈의 시작이다
우리는 세계로 뻗어가는 꿈의 나라에 산다
한반도에서부터 미래가 있고
미래는 걱정하기보다는 창조해야 하는 것
삶은 우연도 필연도 아니다

창의적 삶에 의미를 부여해 보자
끝났다고 생각할 때 비로소 힘이 솟고
삶의 용기가 생기는 것
해남 땅끝 마을에 가서
끝을 생각하고, 시작을 생각하고
꿀덕개 바다를 바라보며
새로운 힘, 창의적 용기를 캐오자

풍선

하늘 높이 둥둥
바다 건너 둥둥
풍선은 자유로이 여행을 합니다
마음에도 둥둥
가슴에도 둥둥
사랑의 풍선이 여행을 나섰습니다
평화, 자유, 평등…
사랑이 세상 여행을 떠났습니다
풍선에게
바늘을 가까이 하지 마십시오
사랑의 풍선에
바늘이라는 계산이 들어가는 순간
펑~~~
터져 버립니다
하늘 높이 둥둥
바다 건너 둥둥…

삶

삶은 사(事)요
인생은 공(空)이다
사는 공을 응치 할 수 없고
공은 사를 지배하지 못한다
사는 위대하지만
공은 바람일 뿐이다

2부

신의 음식

이상과 현실의
차원을 부수고
자유를 들이키는

신이 만든
지상 최고의 음식

술(예술)

그림은 소리 없는 시
시는 운이 있는 그림
음악은 리듬이 있는 시

실처럼 길고 질긴
예술에 취해서 살자
취하면 즐겁고 깨어도 즐겁게
예술을 마시며 살자

강물에 낚싯대 드리우고
시를 낚고 철학을 낚아 마시자
세상일일랑 바람에 띄우고
눈 감고 귀 막고 조혹히 살자

담백한 술과 맑은 공기와 물
시와 음악과 그림…
술중의 술, 예술로 술을 빚고
술로 예술을 빚어 마시자

*조혹히 : 조용하고 고혹적으로

술(공)

창공에
달 하나 걸어 놓고
봄 밤을 마신다

꽃몽오리 터지며
달빛에 늘어진 도화 가지
한 잎 따서
술잔에 띄우니
만사가 백화로구나

자규야 너는 울어라
못다한 시름
술 잔에 달을 불러
하늘을 마시련다

술(달관)

책을 읽는 것은
스스로 가장 멀리 가는 것

시를 짓는 것은
스스로 가장 깊이 느끼는 것

대금을 부는 것은
앉은 채로 곱게 사색하는 것

술을 마시는 것은
세월의 수많은 삶을 먹는 것

책과 시와 음악과 술은
앉은 채로 인생을 달관하는 것

술(산장)

주인이 비운 날엔
찬 바람이 노는 빈 집
심심한 산너울에
주말이면 슬금슬금 시가 사는 집
달빛 고고한 날
모닥불이 활활 꽃불로 타오르고
어둠속 담배 연기는
정열의 키스
젓대소리가 주변 생명들을 깨우고
맑은 물, 산 공기도 주말을 즐기지
별이 보이는 마을에서
묵객들이 마시는 술
술이 시를 쓰고 시가 술이 되어
어울렁 더울렁 함께 취하는 밤
당신이 못 오는 날엔
홀로 취하지

술(위안)

쇠주를 마시네
물보다 쓴 쇠주를 마시네
쓰다는 술을 즐기는 건
마시면서 느끼는 쓴맛보다
마시면서 지우는 쓴맛이 크기 때문이야
삶의 맛이란
물맛보다 쓰거든
쓴맛을 지워 내는 술맛
지워낸 만큼 채우는
쓴맛을 깊게 달인 위안
삶의 쓴 단맛을 마시는 거야

술(묘비명)

당신은 깨어서 말하고
외로울 때나 즐거울 때나
늘 곁에 있었습니다
있는 듯 없는 듯 살아 왔지만
당신으로 인해 숙성되는 날들입니다

무심한 것 같아도
함께 했던 장소, 옛 흔적을 추억 합니다
홀로 인 듯해도 더불어 가는 길에
당신은 항상 곁에 있더이다

슬픈 듯 인생이 지나가는군요
함께하지 못할 시간이 오겠지만
반추해 보니 술…
당신으로 인해 지금 죽어도
묘비명에 "후회 없이 살았노라"
새길 수 있을 듯합니다

술(귀촌)

아담한 시골
초가집이라도 좋다
천정에 유리창이 있는
함석지붕이면 어떨까
비가 오면
처마 끝에 비 떨어지는 소리
눈이 오면
하냥하냥 눈 내리고
솔가지에 쌓인 눈이 사르락 떨어지는 소리
술 생각이 저절로 날거야 아마
여름밤엔 별빛 윤슬 아득하고
가을엔 연못에 달빛 떨어지는 소리
나긋나긋한 음악 소리 들릴 때마다

먼 곳에서 또는 지근거리에서
찻잔 기울일 벗이 찾아오고
차 향이든 곡차 향이든
향기 품은 다소곳함을 이루는 삶
마주 앉아 건네는 잔에 정이 넘치고
인향에 취하고
바람 소리, 세월에 취하고
더불어 술에 취하여 잠들어도 좋으리

술(오아시스)

너는 나의 오아시스
삶의 목마름을 달래 주지
너는 나의 황홀
열락을 맛보게 하지
사랑이여!
건배를 하자
지체할 시간조차 목마르다
다음에 한잔이란 말은 마시게
영혼이 잠들기 전
별이 되고
달이 되기 전에 마시자
저승에서
제사상에 오르는 술을
효부효자라며 마시고 싶은가

계절은 돌고 돌아서 와도
삶은 돌고 돌아서 간다네
망각의 날이 오기 전에
사랑이여!
우리 서로 가슴 따듯해지자
오아시스에 황혼이 물들기 전에
가슴 뜨거운 건배를 하자
맛 나는 삶, 없는 후회를 위하여

술(바보들)

시 짓는 집에 시 향기 나고
술 담는 집에 술 익는 냄새 난다

술 담는 집에 봄이 익고
시 짓는 집에는 너럭바위
산 바위 곁에 산딸기 열고
가슴 뭉클해지는 맛이 봄이다

술을 담았다고 내 술이 아니고
시를 지었다고 내 시가 아니다
같이 즐기는 술친구가 주인이고
읊어 좋은 시는 독자가 주인이다

시가 술이 되고 술이 시가 되는 날
우리 서로 가슴 뭉클해지자
이성으로는 이해할 수 없는
바보들끼리만 사고 파는 술과 시
그런 술, 그런 시가 되자

술(신의 음식)

사상과 철학
시대적
필연을 생산하며

극락과
지옥의 문을
우연을 핑계로 넘나들고

이상과 현실의
차원을 부수고
자유를 들이키는

신이 만든
지상 최고의 음식

술(가을 술)

울긋불긋
바람에 나뒹구는 낙엽들을
옹기에 담았다
물 한 동이 옹기에 채우니
청명한 하늘 호수
가을 미소가 옹기에 담겨 있네

가을 술을 담궈야지
홍시 두어 알
밤, 대추도 넣고
누룩을 듬뿍 넣고 주무른다
아. 저 언덕에 핀
코스모스와 구절초도 넣어야지

상큼하게
가을에 익은 재료들이기에
솔찬히 익은 맛으로 숙성 되리라
옹기에 뜬
온 가을을 담고 있는 호수
표주박으로 한 바가지 떠 마셔보니
아! 하늘 맛이다

술(단풍)

홀로
독작을 즐기는 가을 밤
낙엽 떨구는 단풍의 진실
소주병이 비어가는 진실을 마신다
가는 날들이 서러움은 비우기 싫은 욕심이지
시간을 거스르고 올라
채움에 익숙한 허탈을 아는 게 단풍이야
물기를 말려 비우고
채색의 곱디고움도 떨어내는 초세의 정
빈 술병이 쓰러지듯
만취한 술꾼이 잠들 듯
잠들었다 깨어 날 봄을 위해
비움을 알고 떠나는 저 아름다움이여…

초세 : 초탈하며 세상을 관조함

술(취월)

가을 달 밤
마당에 돗자리를 깔고 앉았다
술은 두 병
돌배나무에 걸린 달은 하나
저 달이 두 개로 보일 때까지
마셔 볼까
갈바람 불어 낙엽 구르면
환한 달덩이 님의 얼굴
달과 중첩되어 하늘에 구르겠지
밤이 익고 술기운이 익어
홍당무로 변한 얼굴에는
달이 새 색시 영상이 되고
두 병을 넘어 또 두 병을 마시면
하현달 같은 창백한 얼굴이
헌 색시 새 색시 구별도 못 할 테지
술잔이 굴러 넘어지고
달도 취해 하늘에서 넘어지고
몸은 굴러도 님과 구르면 좋으련만
잊었던 님의 향기
쓸쓸한 바람이 코끝을 스치네…

술(시와 술)

시는 술이고 술은 시다
시와 술의 교합은
사선을 넘는 사랑이다

시가 술이고 술이 시
술이 술 답고
시가 시 다우면 되는 거다

술도 못되고 시도 못되는
빈 영혼들의 슬픔
가는 날들이 덩달아 슬프다

술로 시를 쓰고
시로 술을 쓰는데
불면의 사랑이 파고를 넘는다

술(물거품)

나는 술입니다
당신이 나를 마실 때까지만
즐겁게 마셔요

내가 당신을 마시는 순간
당신도 이미 술입니다

술과 술이 만나면
술은 전부 물이 되고
당신과 나 또한 물거품이 됩니다

술(빈잔)

채워야 할 달빛
구름 한 조각 없이
어리어 떠도는 회억의 빈 잔
빈 잔에 술을 따르니
시가 어리고
빈 잔에 인생을 따르니
눈물이 어른거린다
비워도 돌고
채워도 돌고
빈 잔의 고뇌가 시
반추할 정 하나 채워서
다시 못 올 밤을 마신다

숲(해미산성)

아름다운
해미산성을 접수하러 간다
완만한 경사 길로 한 시간
가깝지만 험난한 길도 한 시간이다
유격 훈련 같은 계곡의 울창한 수풀을 지나
깔뜨막 곡예의 길로 올라가는데
까딱 잘못하면 낭떠러지요
미끄러지면 10미터고 중상이다

낯선 새로움
스릴을 느끼는 도전
아무도 가려하지 않는 길
밋밋한 평범은 싫다
편안한 길은 탐방이요
험난한 길은 공략이고 점령이다
난공불락의 멋진 성을 점령하려면
난공불락의 절벽 길을 올라야 한다
힘이 들어도 매력 없는 건 싫고
저항에 부딪치고 앙탈을 겪어야 한다

성문을 부수고 들어가는 희열
그래… 바로 그 희열 때문이고
정복의 희열 뒤에는 환희가 따르기 때문이다
살살 수풀을 헤집을 땐 상큼하지만
올라갈수록 가파르고 숨이 헐떡거린다
절벽 길을 거의 다 올라가면 몽환
온 사위에서 발악이 시작된다
1000년 묵은 적의 영혼들이 돌을 굴리고
요괴들은 화살을 퍼붓고 창을 던진다
마지막 저항이 가장 드센 법
공략하는 등줄기엔 땀이 흥건하다
사력을 다해 신통을 부리며 쳐들어가고
수십 번의 진퇴를 거듭하며 혼신인데 급기야
급기야 고함을 치며 성 벼랑을 넘을 때
아아! … 쿵… 징…

1000년 묵은 적들이 일제히 항복을 하고
새로운 성주의 등극을 알리는 징 소리
대북 소리가 성 안 가득 울려 퍼진다
최고 높은 성루로 올라가 야호!
시원한 바람을 맞이하며 땀을 훔치고는
등짐에서 술 한 병을 꺼내 들이키는 술 맛…

희열을 머금은 술이요 천하일미다
안주가 필요 없이 다가오는 해미산성의 정경
천년을 지켜 온 노송 한 그루가 허 허 웃는다

술(잃어버린 봄)

코로나 19…
경기장이 텅 비었다
싸울 이유도 겨룰 대상도 없다
비어 버린 교실
왜, 무엇을 배워야 할까
멈춘 비행기와 배
상생의 날개를 잃고 지구는 여러 개다
을씨년스런 술집
만나자는 사람도 취중진담도 없다

두더지 작전
은폐, 엄폐에 탁월한 어둠의 사자다
게릴라 전투
보이지도 들리지도 않게 접근하는 빨갱이
침투하는 바이러스 19는
어느 공간을 점령하고 어느 벽을 채울까

쓸쓸한 거리에 홀로 선 나그네 그림자
텅 빈 공허함에 술 한잔 한다
꽃잎이 휘날려도 시린 봄, 저 홀로 외롭고
봄꽃이 피어도 봄은 봄이 아니다

술(선택)

나를 만나려고 마시는 술
누구는 곡차라고도 하지

여인이 천당에 있고
지옥에 술이 있다면
어디로 가실 텐가?

예끼, 이 사람아
그걸 말이라고 하시는가?
당연히 지옥으로 가지

곡차를 마시고 있으면
천당에서 천사들이
찾아올지도 모르잖아

술(삭제)

술이 고파 술을 마셨다
스마트폰의 카톡과 연락처를 다 지웠어
밀려드는 정보들을 마시고 싶지 않았거든

막걸리 두 되를 마시면
두 되만큼 생각이 깊어지지
나를 잃어버리고 있다는 상실감
정체성을 잃어버리게 만들고
삶의 귀결을 미디어가 조장함을 느꼈어

디지털에 목 매달고 살면서도 아날로그가 좋아
촌놈은 촌놈으로 살고 싶은 거야
연락처를 지우는 게 낫잖아
삶이 서글퍼 질 바에야…

단순화시켜 편안한 삶, 정을 짓는 삶
새로이 연락 닿는 인연들과 살아 보는 거야
막걸리 병에 또 손이 간다
스마트폰의 전원을 끄면서…

술(신)

신은 지배의 상징물이요
인간의 나약한 면을 대신하고자 만든 것
가장 원시적인 인간 지배 수단이 신이다
인간의 삶을 신에게 떠 맡겨서는 아니 되며
인간이 신 대변인 노릇을 해서는 아니 된다
우두머리는 숭배를 받으면 절대자처럼 행동하고
그들이 바로 사이비 사기꾼이다
절벽의 돌들이 깎여 모래가 되기까지는
억겁의 세월이 흐르는데
파도는 그저 모르는 척 백사장을 쓸며 노래를 하고 있다
한 번도 마주한 적이 없는 신
술을 마시고 꼭지가 돈 영혼에겐 보일까
한 번 대작을 하고 싶다

술(술잔)

잔 돌아가는 소리
마음이 돌아가는 소리
"내 술 한잔 받으시게…"
내 빈 잔을 건네는 건
당신을 존중한다는 증표
감사한 마음이 돌고
취중진정이 돌고…

술 마신 흥이 낙원이고
생사고락이 함께인데
삭막한 세상
술잔이 고장 나 멈추고
돌지 않는 마음도 멈추고
젊은이들은 지부지처…
술잔에 날개를 달고 싶다

지부지처 : 지가 붓고 지가 처 마시는 것

술(비우기)

모자라면 모자라는 대로
부족하면 부족한 대로 살기로 합니다
더 하고 싶을 때 그만하고
남보다 반 발 뒤에 서고
시간에 쫓기면 시간을 먼저 보내고
생각을 더하기 보다는 빼고
무엇이든 규칙은 정하지 말고
비운 가슴으로 살아 볼까 합니다
오늘처럼 비가 오는 날이면
하잘 것 없는 추억을 더듬으며
미소 머금은 이야기들을 소환해 봅니다
뽀오얀 막걸리 한 잔을 앞에 두고
운무 가득한 산을 바라봅니다
시간이야 가든 말든
사람이 만든 규칙보다는
자연이 주는 편안함에 삶을 맡기고
몸과 마음이 내키는 대로
내가 정하는 마음법 대로 살기로 합니다
곡차와 인생의 깊이를 주고받으며…

술(민들레)

마음이 헐거운 봄날엔
들판으로 나가 민들레를 만나자
겨울을 헤집고 핀 노오란 민들레에게 물어 본다
"왜 그렇게 납짝 엎드렸어?"
"들바람이 장난이 아니거든요."
"땅 기운도 차고 시러울 텐데?"
"하루 이틀인가요. 그래도 묵은 풀 위에 앉아서 괜찮아요."
"저기 재는 키도 크고 당당한 척 섰잖아."
"아~ 개는 풀숲이라 볕 다툼 하잖아요."
"넌 안 해도 돼?"
"벌판이라 허허롭지만 볕은 잘 들어요."
"그나저나 찬바람이 싫다면서 씨앗은 어찌 그리 높이 품었누?"
"아. 애들 멀리 날려 보내려면 꽃대라도 높혀야지요."
"그래, 애들은 똑 같은 천사여. 날씨가 차구면."
"항상 찬바람에 맞서서 살아가는 걸요."
"그렇구나. 새끼를 떠나보내며 걱정은 안 해?"
"왜 아니겠어요. 눈물 나지요."
"그 마음 나도 알지. 부디 좋은 곳이어야 할 텐데…"
민들레 홀씨 하나, 둘 바람에 날려가고
홀로 된 쓸쓸함은 허름한 선술집을 찾아 간다

술(휘파람소리)

하루의 시간이
잊을 수 없는 목마름이 될 때
한 잔의 막걸리를 들이키는 건
당신을 향한 형언할 수 없는 그리움 때문이다
내가 다독여야 할 사람
사랑하여 넘치는 물이 꽃이 될 사람
당신의 그림자가 시간을 잊은 채
다소곳이 술잔 속에 서려있기 때문이다

흔들리며 아른거리는
술잔을 비우지 못하는 건
투영된 당신의 모습을 하냥 보고 싶기 때문이다
다 보듬지 못할 가슴이기에
연민의 상연으로 쭉 들이키고 나면
술잔 속엔 당신이 없고 횡한 가슴만 남기 때문이다
보고 싶어 다시 술잔을 채워도 당신은 없고
허연 휘파람 소리만 들리기 때문이다

한 번 떠나면
다시는 올 수 없는 여정에 당신이 있고
주체할 수 없는 하루는 또 어떻게 다가올까
감미로운 음악 한 소절 밤하늘의 달빛을 타고 흐른다
사랑이란 예상 못할 카오스…
취할수록 그리운 마음 구할 길 없고
문득 쳐다 본 술잔 속에 당신이 있어
목구멍을 지나 가슴속으로 당신을 들이키는
하염없이 당신을 들이키는 밤이다
사랑하여 넘치는 물이 꽃이 될 사람…

술(메아리)

세월이야
비울 수 없이 쌓여 가는데
당신이 아니면
채울 수 없는 그리움

희미한 그림자로 술잔을 채우는데
삶의 메아리로 다가오는 당신

오고 아니 가고
가고 아니 오는
메아리로 돌아 맴돌아
나의 노래, 나의 음악이 된다
술잔이 먼저 비틀거리고…

숲(자물쇠)

자물쇠는 몰랐어
열릴 수 있다는 걸
겨울처럼 차갑게
잠겨 있어야 하는 줄 알았지
복사꽃이 피고
목단인지 작약인지
붉을 대로 붉은 꽃봉오리가 터지는 날
노오란 환희를 알았어
숲의 열쇠를 알았어
겨울같이 단단했지
봄을 열고 여름을 열고 찾아오는
열쇠를 만나기 전까지는 말야
열려고 하는 아우성에도
아랑곳하지 않았어
쉽게 열린다면
자물쇠의 체통이 구겨지잖아
그래도 열리더군
열쇠를 모를 뻔했지
그 숲의 열쇠가 바로 당신이었어

술(시)

술에 취해
꼭지가 돌아버린 시인 왈

시는
사실을 쓰는 게 아녀

사실을 뒤집은 진실
알지 못했던 실체의 발로

지랄 맞은 상상에
은유를 버무려야 하는 겨

보임이 보이지 않고
생각이 뒤틀어진 게 시여

서정을 삶아 먹고
감성이 죽어 철학이 되고

시어 빠진 막걸리가
식초가 되는 게 시여

술(인생길)

삶은
권리도 의무도 아닌데
앞만 보고 달려가는 사람들
누가 재촉한 세월도 아닌데
길가에 핀 초롱꽃 한 송이 못 느끼며
그냥 달리기만 했잖아

열심히 살지 말고 잘 살아야 해
열심히 사는 것과 잘 사는 건 다른 거야
차안을 높여 미래를 내다보고
술도 한잔 하면서 천천히 쉬어 가세나
잔을 나누는 시간 속에 혜안이 있어

열심히 사는 사람은 항상 바쁘고
잘 사는 사람은 시간의 여유가 있잖아
인생길은
빨리 가본들 빨리 죽는 거다

술(틀)

나 속에
나를 가두지 말고
철없이 동승하지 말며
사회 논조에 스스로를 가두지 말라
빗장을 열어서 보고
틀을 벗어나야 보인다
초연한 표리
굴레를 벗어 던진 자유
통섭의 궤를 알면 상서로움이 보이는데
한 잔 술의 깨우침 보다 못한 거짓들
중용이란
이쪽과 저쪽에 치우침이 없는 것이 아니라
정확하게 입을 꿰뚫어 버리는
화살 같은 진리다
호통 치는 술…

3부

홀로 하는 합주

홀로 또 함께
존재감을 내세우지만
너는 너, 나는 나
홀로 하는 합주다

세월의 무게…
독작에 반추를 하니
홀로인 듯 아닌 듯 삶은
홀로 하는 합주다

숲(초독)

치악산 산너울에 가면
맨탕 무위도식 하는 게으름
그냥 하루 종일 산수화 몇 폭
자연과 함께 멍 때리는 삶의 바라기가 된다

바쁜 일상들이 내게 주는 의미는 무엇일까
생존의 연장을 위한 갈구인가
실존의 기쁨을 위한 평온
자연에 내맡긴 가질 것 하나 없는 평안
대저, 필요한 게 무엇일까

고즈넉한 적막의 운을 깨우기 위해
나긋나긋한 음악을 튼다
내 속에서 나를 성찰하는 시간
몇 시간 동안 장르를 비꿔가며 음악은 저 홀로 흐르고
한 잔의 곡차를 기울이며
음악에 스스로를 맡기고 시간을 지우는 시간

아무것도 하지 않는 채
물 흘러 또르락 거리는 소리
바로 앞 나뭇가지에 앉아 지저귀는 새의 노랫소리가
나의 존재감을 알려 줄 뿐
누구 하나 귀찮게 하는 사람이 없어라

낙원이 무엇이고 무슨 소용이랴
한잔 술에 같이 취하는 음악이 있고
자연이 안아 주는 포근함
아무 일도 하지 않는 자유로움
게으른 성찰이 친구가 되어 잔을 건네고 있네

술(청춘귀래)

"청춘으로 돌아가고 싶다고? 왜? 나라라도 구할 생각이신가?
청춘으로 돌아가고 싶지 않은 참살이 인생도 많다네."

"할 일과 못 다한 일이 많아서 돌아가면 열심히 다시 살고 싶
어서지."

"거나하게 술도 마시고, 심쿵한 사랑도 해보고 말이지?"

"거짓 없는 사람들과 술을 마시고
사랑은 그리움을 지고 갈 수 없을 만큼 해 보고 싶지."

"예끼, 이 사람아. 지금 사랑이라도 잘 건사 하시게.
현재를 잘 살아야 추억이 아름다움으로 남지."

"미련이 많고 고생한 보람이 없어서 그런가 봐."

"늦었다는 시간의 정의는 없는 거라네. 술도 한잔 하면서 쉬엄
쉬엄 가 보세.
현재가 익어 과거가 되는 것이기에 당신의 지금 시간이 후회
스럽지 않아야 해."

"발버둥 쳐서라도 돌아가고 싶은데 청춘으로 돌아가고 싶지
않은 사람들이 부러워."

"살아야 할 날이 많이 남았지 않은가? 아직 살지 않은 날들이
당신의 인생을 바꾼다네."

술(자본주의 병폐)

싯다르타여!
그대는 오른쪽 옆구리에서 태어나
아들을 얻은 후에야 출가를 하지 않았는가
신성시 되어야하고 체통을 지켜야 했지

인류의 행복을 위하여
삶과 죽음을 설파했지만 시대가 변했다네
남은 것은 오로지 자본주의 뿐
그대가 말한 고행의 인생길도
사랑도 평화도 돈으로 사고판다네

금기시했던 성이야 판매의 대상이 된 지 오래고
결혼도 상대의 값어치를 따지고
애기는 배꼽으로 낳는 것이겠지 아마
살아가는 사랑마저 돈에 얽메였으니
이 통탄할 자본주의 병폐를 어찌해야 하는가

싯다르타여!
그대는 깨달음을 얻지 않았는가
공자도 예수도 수많은 설파를 하였지만
그대, 현자들의 말대로 이루어진 것은 하나도 없다네

유교의 괴변자든
성경의 할렐루야든
참선의 깨달음도 다 헛소리가 되었단 말일세
성이 문란하고 돈이 문란한 세상에
돈으로 안 되고 성으로 안 되는 세상은 언제 도래하는가

싯다르타여!
예수는 성령으로 태어나고
그대는 옆구리에서 태어났으니
이 세상의 성문화는 그대들을 닮았구나
그래서 훌훌 벗어던지는 아름다움이 창궐했구나
술 맛이 쓰다

술(무뇌아)

즐거움이 없으면
술맛이라도 나야
세상사 위안이라도 삼지…
국민을 위한
공복임을 자처한 작자가
국민 위에 군림을 하고

나라를 거덜 내려고 하기에
마신 술마저 토악질이 난다
빌붙어 공생하려는 아부꾼들
우월의식의 막장 공주들
경험이 전무한 현실 무감각의
이상에 사로잡힌 무뇌아들
인사가 만사라고 했는데
아전인수 편 가르기에 치 떨리고
탕평책은 옛말인가
한 번도 경험하지 못한 세상이
그들의 청사진이었지
참으로 경험하지 못했기에

술 맛이 쓰고 더럽다
몇 놈은 북으로 보내고
몇 년은 청송 감방으로 보내고
원흉은 잡아 태평양에 빠뜨려 버리면
똥 마려움을 참다가 참다가
괄약근 조여 가며 화장실로 달려가
한꺼번에 방사하는 쾌감일 거다

술(모리배)

점심 때 정오 뉴스를 보았어
짐승같이 한심한 것들로 인해
식욕이 뚝 떨어지더군
위선과 중상모략의 정치 모리배들
식사를 하기 위해 위를 자극해야 했어
애피타이저는 아니지만 소주를 시켰지
식사 대신에 소주를 마시는 거야
세상이 더러워
알콜로 씻어내고 싶었던 거야
밥이 코로 들어간다고 우기는 형국
거짓을 합리화 시키고
의롭지 못한 것을 정당화 시키려고
발버둥 치는 모리배들 꼴이 우스웠어
세상 같지 않은 세상이
버젓이 살아 돌아가는 게 우스웠어
메스꺼움에
술을 마시고 있는 나도 우스웠어

술(서울 소천)

아까운 별이
차맛도 술맛도 모르는 사람이 되었다
참 소탈한 진정성을 느꼈는데
불귀의 객이 된 천만 명의 어버이가
그렇게 쉬이 떠나도 되는 세상이 밉다
패권을 쥔 무리들은 무소불위로 날뛰고
스스로의 부정을 정당화시키는데
아이러니, 아이러니
이런 아이러니가 또 있을까
참다운 정치를 해 보겠다고
서민을 위해 불철주야
욕심을 버린 소탈함으로 귀를 열고
성심으로 소명을 다하던 사람이 별이 되었다
자타는 의문이고 분명한 건 정치적 타살
별이 떨어지면 흙이 되어 사라지는가
애달픈 서민들은 패권 앞에 슬프고
술잔 앞에 성경의 한 구절이 우렁우렁 울린다
'너희 중에 죄 없는 자가 먼저 돌로 쳐라'

술(외눈박이 별)

시간의 풍화작용 속에
사는 게 뭐냐고 술을 마시며 묻는다
따라다니는 그림자를 잘라야 하나
대답이 궁색해 침묵이 흐른다

외눈박이 별
외눈박이 고운 별이
외로움이란
마음 하나 내 맡길 사람 없어도
알아주는 이 하나 없어도
살아있다는 아름다움 앞에서
아파하거나 외로워하지 않는 거란다

삶은 힘든 것이요
잘 산다는 건 더더욱 힘든 일
웃음 속에 울음이 오면 허허 술 한잔 하고
밤하늘에 말갛게 빛나는 외눈박이별에게
가끔은 스스로를 물어가며 살 일이다

삶의 숭고한 언저리에 서서
우리는 매일 조금씩 살아가고 있는가
아니면 매일 조금씩 죽어가고 있는가

술(진짜)

태백산아
한번 잔인해 봐라
한강물아
한번 잔인해 봐라
시금치 이파리처럼 부드럽지 말고
네 심중의 노래를
광기어린 너의 쓰라림을 토해 봐라
우리가 보내는 노래와
네가 부르는 노래를 합쳐
잔인하게 토해 봐라

산새는 산에서 태어나 산에서 죽고
물고기는 물에서 태어나
물만 먹다가 죽어 가는가
노래를 불러도 보이지 않는 건 싫다
웅크리고
쓴 노래 부르며 마시는 술도 싫다
의롭지 못한 것에는 술 취한 놈처럼
잔인해지는 네가 진짜다

술(꽃은)

꽃은 꿀을 주고 열매를 맺습니다
꽃이 바보일까요
바보 소리에 웃을 수 있어야 행복입니다
마음자리가 작은 사람은 바보가 될 수 없습니다
그러나 낚시를 하지는 마십시오
낚시는 너무 작은 것을 주고
큰 것을 얻으려는 사기성이기 때문입니다
가진 사람도 낚시에는 마음을 다치고
없이 살고 적게 가져도
잃어버리는 상실감은 더욱 큽니다
물질 가는 데 마음 감을 떠나
배려의 부메랑은 살아서 돌아옵니다
많고 적음보다는 상생을 위한 탄주라야
세상은 아름다움이 됩니다
꽃은 꿀을 주고 열매를 맺습니다
술 한잔 베풀지 않는 당신, 인생은 덤인가요

술(세계 명술)

목구멍이 소주청인지 포도청인지 많이도 다니며 마셨다
위스키, 럼, 데낄라, 보드카, 코냑
스코틀랜드의 영혼, 몰트 위스키를 많이 마셨지
그 중에도 바이킹들의 하링과 즐기는 스납스가 최고였어

와인은 프랑스를 제일로 알지만
미국의 나파벨리, 이탈리아 끼안티, 호주 와인도 괜찮아
샤또라고 라벨이 붙은 프랑스 와인은 대체로 좋아
와이너리 이름을 걸고 제조하기에
이름에 먹칠 할 일은 안하거든
연인들끼리는 포도 한 알에 한 방울 나오는
나이아가라 폴의 아이스와인도 좋을 거야
그래도 맛과 향이 탁월한 루마니아 와인이 최고였어

한국의 소주를 비롯해 일본 사케, 중국 빠이주
맛이 순한 공부가주도 많이 마셨지
좋은 술이지만 죽엽청주와는 안 좋은 기억이 있어
맥주는 유명 브랜드 보다는 지방 맥주를 좋아했지
지방의 특색을 살린 수제맥주들은

그 지방의 향기와 이야기를 마실 수 있거든
유럽의 맥주들이 맛나지만 미국의 씨에라 네바다가 좋았어

아마, 지금까지 수십 말은 마신 것 같은데
그 술들이 몸속에서 다 어디로 갔을까?
술의 혼들은 고스란히 몸속에 흐르고 있을 거야
철학이 흐르는 예술이 되고
삶의 가치관으로 자리하고 있을 거야

가장 좋은 술이 어떤 술이냐고?
그건 두말할 필요도 없어
좋은 사람들과 마시는 술이 가장 좋은 술이야
가장 맛있는 술은 입술?
아니야
아니야
가장 맛 나는 술은 세상천지를 돌며 마셔 봐도 신토불이
어머님이 할아버지를 위해
아랫목에 담요를 덮어 숙성시킨 고향의 농주, 그 농주
그야말로 막 걸러서 마시는 걸쭉한 어머님표 막걸리가 최고였어

*하링: 청어를 식초와 소금에 절인 북유럽 식품
*스납스: 향이 있는 독한 술로 북유럽에서 즐김

술(관심)

마누라랑 술 한잔 한다
머리가 희끗해질 때까지 살았으니
그 속이야 왜 모를까만
막걸리 세 병을 비우고는
마누라 말 무시하고 또 한 병을 시킨다
매를 버는 행동을 하는 거지

소싯적의 사랑법
같이 놀고 싶어서 하는 짓이
고무줄놀이 잘 하고 있는
여자애들을 밀치고 고무줄 끊고 도망가는
그리하여 일말의 관심이라도 얻으려는
일부러 하는 그런 못된 짓을
마누라에게 아직도 하고 있는 것이다

괜히 엉덩이를 툭 치고
훤히 아는 가슴이건만
뜬금없이 몰래 툭 건드린다
사랑 표현이 서툴러 아직도
매가 기다리는 잔소리 들을 줄 알면서
매를 버는 내 행동이 내가 봐도 우습다

술(헛수고)

휴일 오전에
마누라가 외출을 하면서
거실의 불을 끈다
내가 있는데 왜 끄냐고 했더니
자신이 없으면 없는 거란다

"당신은 존재이고 나는 부존재냐?"라고 물으니
대답인 즉… "응…"
세상에나…

한 갑자를 가정을 위해 일한 헛수고
공주마님으로 산 마누라를 어째야 하나

어쩌긴…
다 업이려니 생각하고 사는 게지
슬그머니 막걸리 값을 호주머니에 챙겨
터벅터벅 집을 나선다

술(명품)

옷이 날개라…

명품 옷 한 벌 사달라는
하나밖에 없는 마누라에게 이야기 했다
"여보야… 당신은 사람이 명품이잖아…"
……
겉이 중요할까 속이 중요할까
좌우지간…
술값 벌었다

술(철없는 삶)

물은 100도에 끓고
술은 80도에 끓습니다
삶은 몇 도에서 끓어 깨달음에 이를까요
아서라!
삶이 끓어버리면 재미없지 않을까요?
철이 들었다는 건 이미 늙은 것입니다
망아지 같은 열정이 있어야 젊은 것
실수도 좀 하고 삽시다
너무 잘하려하고 완벽을 추구하면
복잡한 세상에 스스로가 피곤합니다
꼭 끓어 넘칠 필요는 없습니다
술을 마시며 나누는 정
실수를 해도 감싸주는 정
삶은 어차피 미완성이기에
철없는 열정으로 실수도 좀 하며 삽시다
철이 들었다는 건 이미 늙은 것입니다

술(고백)

17일간 하루도 거르지 않고
만취가 되도록 마셨다
어떤 날은 쉬고도 싶었지만
근원지간에 찾아오는 벗
"유붕자원방래불역락호"라 했으니
어이 아니 마시리오
이러다간 명줄 떨어질 것 같았지만
술을 좋아하니 아니 마실 재간이 없었지라
며칠은 좋아서 그 다음은 습관처럼 마셨는데
해파리가 되어가는 몸
해장국을 먹어도 기름진 안주를 먹어도
술에 찌들은 몸이 말을 듣지 않더군
그래도 밤은 참 묘한 거야
주신은 밤을 사랑하고 야행성이니까
신 중의 최고 신 박쿠스 신이여!
주님 신봉 어린 양을 긍휼히 여겨 주소서
저녁이면 마실 일이 생기고
안 마실 수 없는 상황의 연속에 또 연속
급기야 오기로 마신 17일째
똥구멍으로 피똥을 싸고 말았다

술(옛 사랑)

삶은
멀리 있지 않고
내 앞의 술 잔 속에
취해도 취하지 않은 채로 있다
담배 연기 속에 아른거리는
품고 싶었던 여인의 젖가슴도
몽롱하게 머물고 있음에
그립다 여인아…

같은 하늘아래 삶을 모르고
한 잔 술에 묻어야 하는가
갖지 못 함을 아쉬워하며
취해도 취하지 않는 영혼이
노을에 타 들어가는 연민으로
술잔을 기울이고 있다

삶이 달라 봐야 한 평생
그대와 내 삶의 간극을 이야기 하고
잔을 나누며 같이 취하고 싶다
포옹하는 사랑에 취하고 싶다
긴 머리에 젖가슴이 예뻤던
술에 취하면 취하지 않은 척 울던
그립다 여인아…

술(폐업)

동네 식당 한 곳이
또 문을 닫았다
문 입구에 시 한 수가 적혀 있었다

"그동안 감사했습니다
여러분 모두 건강하세요"

식당 문에 붙은 폐업의 말은
염병 시대 최고의 애절함이 담긴
마음의 시

부디
서민들 문학이 넘쳐나지 않기를…
홀로 마시는 술병이 넘어져
널브러지지 않기를…

술(무정)

진눈깨비 오는 날에는
아무도 오지 마라
혼자 술 먹게…
저문 가을에 찬바람 불고
앙상한 가지에 흰 눈이 쌓인다
복사꽃 피는 봄날
녹음이 무성하던 여름
여름의 열정만큼이나 많이 마셨다
계곡 물에 몸 담그고
돌아가는 술잔에 정을 듬뿍 따라 마셨지
가을밤에는
모닥불 가에 모여 앉아 노래를 마셨어
구름에 가는 달도 눈 맞추며 마셨지
세월의 낚싯대를 드리우는 겨울
사랑도 저절로 떠나가누나
진눈깨비 오는 날에는
아무도 오지 마라
혼자 술 먹게…

술(멧돼지)

술병 속에는
멧돼지 한 마리도 녹아 있나 봐
시골 장에 갔다가 울 아부지 술 먹은 날은
엄마와 울 가족이 우는 날
알콜 먹은 멧돼지가 길길이 날뛰는 날
처마에 주렁주렁 가난이 매달린 초가집
한 잔 술에 영혼이 한없이 맑아져버린
고래고래 고함치는 멧돼지를 목도하는 날

어느 날
농약병 앞에 마주 앉은 엄마와 아부지
설마 마시진 않겠지…
웬걸…
엄마가 입으로 가져가는 농약병을 휙 빼앗아
자기 입에다 부어버리는 아부지
멧돼지가 난리가 난 거야
참으로 멀기만 했던 아부지
길고 긴 밤
방구석에 밤새 진동하는 역겨운 술 냄새

엄마가 집 나갈까 아니면 죽을까
노심초사 어린 마음은 잠들지 못하고
멧돼지는 커렁커렁 코를 골며 자는 거야

스스로 뱉어 내었기에 망정이지
술 마시듯 마셨다면 멧돼지 장사 치렀겠지
참으로 멀기만 했던 아부지
따뜻함은 없어도 웃음은 호방했지
흑백 속 아버지 사진에는
아직도 술이요 고함 소리인데
청춘을 마셔버린 내 가슴에
한 잔 술에 어른거리는 내 그리움에
이제야 보이는 영혼이 한없이 맑은 얼굴
아! 아부지, 아부지…

술(연인)

나는 술입니다
당신의 영혼을 어루만집니다
심남심녀를 꽃남꽃녀로 만들지요
술기운이 오르고 눈빛이 흐려져도
살아있는 진심으로 꽃녀가 말합니다
"당신의 매력이 나를 눈 멀게 해요."
꽃남이 놀라며
"아공, 당신을 바라보면 내 눈동자는 점점 커지는데…"
"고맙네요. 눈빛만 봐도 아슴하게 따듯함이 느껴져요."
"내 눈엔 흐트러진 당신 모습마저 꽃이라오."
"아무리 생각해도 내 맘을 내가 알 수 없어요."
"알 수 없음이 허물을 벗을 때 새로움이 탄생하지요."
둘의 대화는 이심전심으로 무르익고 있었다
꽃녀의 아른한 눈빛에 꽃남의 심장이 뛰고 있었다
꽃녀가 말한다
"말하고 싶지 않았는데 당신 앞에선
속에 남아있는 비밀을 하나하나 꺼내게 돼요."
"당신에게 다 불어버린 내 비밀처럼?"
"다른 사람 말 하나도 안 들리고 당신 말만 들려요."

"당신 마음이 소통하는 아름다움인 거요."
연인들이 꽃이요, 꽃이 연인이고,
밤 깊은 선술집에선 묘한 신심이 흐르고 있었다
나는 심남심녀를 연인으로 엮는데 성공했다
내일은 태양이 뜨지 말기를…

술(할아버지 산)

치악산 산너울에는
할아버지 용안을 닮은 산이 있다
막걸리 한잔 하고 크게 "할아버지…" 하고 부르면
할아버지 산이 "와…" 하고 대답을 한다
"할아버지. 세상 살면서 야비한 인간을 만나면 우째야 하오?"
"놔 둬라. 다 사정이 있것제. 세월이 알려 줄 것이니라."
"우뚝 서 계시면 세상이치가 다 보이유?"
"하잘 것 없는 것에 시간 낭비 말거라.
나는 여기 서서도 다 보이고 무위자연으로 행복하니라."
"100년도 못 살고 가야하니 열심이지요."
"비우거라. 삶의 초탈 없이는 결코 행복하지 못할 게야."
"제가 도인도 아니고 잡스런 인간들을 만날 땐 어이없소."
"나쁜 인간은 죄를 짓고도 변명을 하기에 자업자득으로 죄를
받느니라."

"좋은 사람으로 살려고 해도 어처구니가 없소."

"좋은 사람은 만인이 다 좋아하는 사람이 아니라
좋은 사람들이 좋아하는 사람이니라."

"권모술수를 보고도 참아야 하오?"

"야비함은 다스려 줘야 다른 이들이 화를 면하니
명확히 알게 해 주고 베풀어야 하느니라."

"베풀어도 베품의 가치가 있어야지요."

"그려려니 하거라. 다스림은 세월이 알려 주니라."

"할아버지… 산 할아버지…"

"와… 와, 자꾸 부르노…"

"술 한 잔의 제 눈에 할아버지가 온화해 보이고 위대하요…"

술(참살이)

산너울에 물안개 오르고
토닥토닥 빗소리를 들으며
산장 정자에 앉아 막걸리를 들이키는데
안주는 김치와 된장에 찍어 먹는 푸성귀다
산해진미를 탐하지 않고
부귀영화를 바라지 않는 마음은 저절로 편안합니다
세속의 시끄러움도, 창궐하는 병마도
자업자득의 부끄러움들이고
한 잔 술에 오고 가는 인생입니다
백년을 살 것 같이 아옹거리면 비린내가 나고
인륜을 거스르고 살면 후회를 한 짐 지고 갑니다
물욕으로부터의 해방을 느껴보지 못하고
자연이 주는 가치를 모르고 살면
시한부 삶, 한평생에
살아 있는 행복, 참살이는 기다려 주지 않습니다
자연은 베풀고, 물안개 흩어지듯 삶은 가는데
죽을 때까지 삶의 의미를 못 찾는다면
살아도 산 것이 아닙니다

숲(양탄자)

아름드리 은행나무
노오란 황홀에 취해 발길을 멈추었다
행복하고 평화로웠지…

이유 없이 콩닥거리던 젊은 날
은행나무 아래의 노오란 추억
심장이 쿵쿵 거리던 날이었고
그 황홀함이 은행잎에 배어 있어
지금도 고스라니 배어 있어

가을에 취해
온통 노랑을 매단 은행나무가
한 잎 두 잎씩 사랑을 떨구면
노란 양탄자가 그때처럼 깔릴 테고
나는 그 위에 앉아서 벅차던 가슴을 마실 거야
젊은 날에 떠밀려
오지 못할 그대를 기다리며…

술(독백)

땅거미 진 어둑한 술시
청회색 하늘에 초승달 뜨고
듬성듬성 별들의 노래
막걸리를 벗하며 모닥불을 피우고
춘정을 불러 옛날을 상기한다
탈 때의 열정보다
스러질 때가 숭고한 모닥불
한 번도 안아 주지 못했다
불은 타오르다 사그라지는
인생을 닮았지 아마
타오르는 열정이었는데
알맹이는 고사하고
쭉정이 한 평생이었는가
벗이여 갈 길은 먼 데 석양은 가깝구나
한 잔 술에 시름을 더하는데
오늘은 밤하늘의 별을 마시고
내일은 인생의 예술을 마시고 싶다

술(홀로 하는 합주)

독작…
홀로 하는 합주
삶의 무게만큼 마셨다

물 소리
바람 소리
새 소리…
젓대 소리 한 가락 더하니
화음인 듯 아닌 듯
합주의 메아리로 퍼진다

홀로 또 함께
존재감을 내세우지만
너는 너, 나는 나
홀로 하는 합주다

세월의 무게…
독작에 반주를 하니
홀로인 듯 아닌 듯 삶은
홀로 하는 합주다

시에 대한 소고

시란 그냥 시여야 한다.

작가의 느낌, 상상, 체험, 감성, 사상, 철학 등이 내포된 짧은 글이지 학문이 아니다. 시가 무슨 연구 대상이고 실험의 대상인가.

물론, 기본적인 학습이 필요하다는 것은 인정한다.

그러나 연구를 하고 가르치는 학문은 아니라고 생각을 하며, 어떤 수사를 구사하고 어법을 따르고 야단을 쳐도 시의 근본은 그냥 시다.

독자들이 느낌으로 감동하고 남는 여운이 길면 길수록 좋은 시라고 생각한다.

좋은 시란 다독, 다작 및 작가의 감성위에 많은 여행이나 체험에 의해 나오는 것이지, 억지로 고매한 수사법을 동원하여 화려하게 치장을 하는 말장난이 아닌 것이다.

보기 좋은 떡이 맛있다는 건 시에서는 통하지 않는다.

뚝배기보다는 된장 맛이 좋아야 한다는 말이다.

시란 문학의 자유다. 그래서 시를 사랑한다.

종횡무진 말과 글 모든 장르를 무법으로 활개를 쳐도 상관없지만, 단 하나, 짧은 글 속에 독자들의 느낌과 여운을 끌어내야 한다.

한때는 긴 시가 유행하던 적도 있었다. 지금도 신춘문예 시들은 무지하게 길다.

산문 형태의 시들만 과연 시 일까. 그리고 그 시들이 독자들에게 회자 되는가.

학문적으로 검토되고 학문이라는 명분에 의해 평가되었기 때문이다.

시가 형이상학적인 어휘로 치장하고 학문이라는 이름으로 호도되는 한, 독자들은 돌아오지 않을 것이다.

관중이 없는 무대에서 거창한 문학이라는 타이틀을 걸고 연극을 하는 꼴이다.

느낌, 상상, 체험, 감성, 사상, 철학 등을 작가만의 개성을 접목하여 솔직한 진실을 쓰자.

인간의 감정 중에는 슬픔이란 게 있고 사람을 자극하는 가장 쉬운 방법 중의 하나도 슬픔이란 걸 알지만, 가급적이면 슬프고 춥고 배고픈 시는 쓰지 말자.

언제까지 구시대의 것을 답습하고 있을 것이며, 독자들은 그런 시들을 읽고 행복해 할까.

문학을 포함한 모든 예술의 궁극적인 목적은 이 세상을 밝고 아름답게 만드는 것이라고 생각한다.

못 먹고 못 사는 시대는 지나갔다. 애수 어린 서정시도 더 이상 독자들의 관심을 끌지 못한다.

그렇다고 독자들의 흥미를 자극하는 상업적인 시를 쓰라는 뜻은 결코 아니다.

관객 없는 배우는 되지 말라는 뜻이며, 설사 모노드라마를 하더라도 후대에는 평가 받을 수 있는 문학이라는 의미가 아닌 시에 의한 시적인 가치가 있는 시가 되어야 한다는 뜻이다.

시를 잘 못쓰기에 더 잘 쓰고 싶어 늘어놓은 시에 대한 가람의 궤변 아닌 궤변이다.

시가 흐르는 서울과의 대담

초대시인 가람 선생은 경남 마산(1962)에서 태어나고 성장했다
는데 그 과정에서 에피소드가 참 많았답니다. 대학시절엔 적은
용돈으로 맨날 막걸리 마시느라 당구를 배울 틈이 없었던 괴짜
시인. 본명이 이진숙인 그는 학창시절 크리스마스카드를 선생
님 댁으로 보냈더니 사모님이 오해를 하셔서 집으로 해명하러
갈 정도로 에피소드가 많았었던 그. 만나보았습니다. 지금도
다양한 취미 겸 예술 활동을 가정과 직업과 시 쓰기를 병행해
나가는 가람 시인을 만나봅니다. 〈편집주간 박종규〉

Q. 코로나19로 더 외로워졌을 거 같은데요, 어떠한지요?

A. 코로나와 상관없이 즐겁게 지내면서 오히려 여유가 생겨
  좋습니다. 시는 시도 때도 없이 씁니다. 본래 열정을 생활
  모토로 하고 있기에 코로나 환경 속에서도 서울과 치악산
  숲속을 왕래하면서 열정이 식는 순간 삶도 식는다고 생각
  하고 삽니다. 그 밑바탕에는 문학과 음악이 활력을 주는 것
  같습니다. 물론 막걸리도요.
  저는 개인적으로 원주 치악산국립공원 자연마을에 사유지
  를 보유하고 있는데, 반듯한 '시문학박물관'을 짓는 것이
  남은 소원이며, 제 생에 지을 수 있기를 희망 합니다. 치악

산에서 문학박물관을 운영하며 시인묵객들과 음풍농월을
하는 것이 미래의 계획이며, 멍석을 까는 것이 중요하다고
생각합니다. 멍석을 잘 깔아놓으면 춤 출 사람들이 자연스
럽게 몰려오니까요.

Q. 지금까지 출간한 책 중 가장 특별한 책 한 권만 간단하게 소개
   해 주세요.

A. 『파도랑의 묵애』(2018)라는 시 소설을 출간했는데 읽어 보
   신 분들은 참 재미있고 유익했으며 신선한 충격이라고 하
   는데, 요즘엔 책을 줘도 고맙다는 말만하고 안 읽어요. 소
   설과 시가 조화를 이루며 전개되는 흥미진진한 시 소설입
   니다. 파도랑이 주는 메시지와 시들이 가슴 깊이 다가갈 것
   이며, 시 소설이라는 새로운 장르에 함축된 사상과 철학이
   미래를 예견하는 필독 사랑서라고 생각합니다.

Q. 술 시를 연작으로 쓰시는데 주량은요? 그리고 주로 쓰고 계신
   시의 제재라고 할까요, 아니면 소재라고 할까요? 그런 게 있으
   시면…?

A. 시집 『담배』에 이어 종이책을 읽지 않는 시대에 독자들의 관
   심을 끄는 소재로 술 연작시를 쓰고 있으며, 제재라고 한다

면 삶의 깊이를 논하는 것입니다. 따라서 서정시는 지양하고 있으며 독자들이 생각하게 하는 시, 읽고 난 뒤 또 읽어야 시의 깊은 맛을 음미할 수 있는 시를 추구하고 있습니다. 주량은 대작하는 사람에 따라 달라요…^^

Q. 가람 선생님의 시에서 독자들에게 주고 싶은 메시지가 궁금합니다.

A. 시인은 세상을 맑고 향기롭게 만드는 사람이라고 생각합니다. 춥고 배고프고 슬픈 시들은 사람의 감성을 쉽게 자극하지만 결코 도움이 안 된다고 생각하기에 잘 쓰지 않으며, 읽어서 즐겁고 깨달음을 얻을 수 있는 향기로움을 주고 싶습니다.

Q. 시인은 만들어지는 것일까요? 아니면 태어나는 것일까요?

A. 머리 좋은 사람 노력하는 사람 못 당하고, 노력하는 사람 타고 난 사람 못 당한다는 말이 있습니다. 특히 예술 방면엔 타고 나는 것이 중요하다고 생각 합니다. 그렇다면 시인(詩人)! 노력하면 될 수 있느냐고 묻는데요, 본래 인생은 배움의 연속입니다. 타고 나는 것이 중요하다는 것일 뿐, 배우고 노력하고 수많은 습작을 하다보면 수작은 나올 수밖에 없다고 생각합니다. 그런데 애초에 시를 잘 쓰는 사

람이 있습니다. 그 천재성을 노력으로 가질 수 있을까 하고 묻는다면, 다작 다독 다 경험이 있다면 게으른 천재보다야 훨씬 낫다고 생각합니다.

Q. 시를 쓸 때와 시를 읽을 때의 차이점이 있나요?

A. 악기를 연주 할 줄은 몰라도 듣는 건 수준급인 사람을 '귀명창'이라고 합니다. 잘 쓸 줄은 몰라도 읽는 건 잘 합니다. 시집 한 권을 읽으면 그 작가의 수준을 알 수가 있습니다. 그래서 시집을 함부로 상재하면 안 된다고 생각합니다.

Q. 시를 쓸 때 읽는 것, 보는 것, 생각하는 것 중 비중은 어디에 두시는지요?

A. 생각하는 것입니다. 사고가 뒷받침 되지 않으면 훌륭한 시는 없으니까요. 많이 읽고 많이 보는 것이 사고력을 키우지만 체득한 경험을 더하는 생각이 있어야 자신만의 색깔을 가진 시를 쓸 수 있으니까요.

Q. 시 쓰기를 망치는 지름길은?

A. 보이는 대로, 생각나는 대로 쓰는 것. 사물의 깊이를 뒤집어 보고 내포된 실체를 이해하며 메타포를 집어넣어야 시가 되는 거지요. 보이는 대로 생각을 나열하는 건 가벼운 시가 된다고 봅니다.

Q. 가람 시인께서는 퇴고를 어떻게 하시는지 궁금합니다.

A. 써 놓고 몇 시간 뒤 다시 보고 또는 하루 이틀 정도를 숙성시킵니다. 그러면 퇴고 할 부분이 보입니다. 주관적으로 써 내려갈 때도 있지만 독자를 생각하게 되지요. 독자가 읽고 공감이 없는 주술적인 시가 되어서는 아니 되니까요.

Q. 시를 쓰게 될 경우 아이디어는 쥐어짠다고 나오는 걸까요?

A. 아닙니다. 다독과 다작과 풍부한 경험이 중요하다고 생각합니다. 누가 묻습디다. 글쟁이가 무엇이냐고…. 글쟁이는 그냥 보이고 좋은 생각이 떠오를 때 글을 쓰는 사람이 아니고, 주제나 시제가 주어지면 감동은 아니더라도 공감은 할 수 있게 글을 척척 써 낼 수 있는 사람이라고 답했습니다. 그래서 계속 공부를 해야 하며, 글은 쓰면 쓸수록 어렵다는 말이 있지 않을까요.

Q. 책을 고르는 기준은 특히, 시집을 고르는 기준은 무엇인지요?

A. 읽어서 삶이 풍요로워질 수 있는 책, 시집이라면 철학이 내포된 깊이를 간직한 시집을 선택합니다. 서점에 가서 매스컴에 떠드는 책들은 서문과 본문을 대충 보고 관심 없으면 통과 합니다. 상업적이고 호기심을 자극하는 책들이 많거든요. 소위 말하는 자기개발서 등은 읽지 않습니다. 시집은 작가의 말을 꼭 봅니다. 그리고는 몇 편을 읽어 봅니다. 그 나물에 그 밥이면 안 되겠죠?

Q. 자신의 시를 읽는 독자들에게 하고 싶은 말은?

A. "독자들도 공부를 하라. 공짜로 먹으려고 하지 마라." 작가들은 독자들을 위하여 심혈을 기울여 글을 쓰는데 문학을 사랑한다면 이해하고 공감할 수준의 자질을 갖추어야 내면의 깊이를 공유할 수 있지 않을까요.

Q. 가장 존경하는 시인, 닮고 싶은 작가는 있으신지요?

A. 평소 한용운 선생님을 존경하는데 일제와 타협하지 않았으며 고결하시잖아요. 닮고 싶은 작가는 김정식 소월입니다. 천재성을 가진 작가니까요. 두 분의 공통점은 독자들이 공감하는 시가 많다는 것입니다.

Q. 시인 '가람' 하면 가장 먼저 떠올리는 장소는? 그 이유도…

A. 당연히 치악산이지요. 자연과 음악과 술과 시가 흐르니까요. 여기에 더하여 같이 즐길 사람들이 있으니까요. 업무상 해외를 떠돌아다니며 "인생이 별거 아니다"라는 것을 느끼기까지는 꽤 시간이 걸리더군요. 도시는 생존을 위한 곳일 뿐 삶을 위한 곳이 아님도요.

Q. 평소 생활하시면서 Money(돈), Love(사랑), Power(권력) 중에서 한 가지를 고른다면 어떤 것을 선택하며 그 이유는 무엇인지요? 경험을 바탕으로 말씀해 주시면 더 좋아요.

A. 사랑이 아닐까요. 사랑은 모든 걸 이룰 수 있으니까요. 돈은 벌어도 보았고 깨먹어도 보았습니다. 자본주의 사회에서 돈은 필요악이지만 죽을 때까지 돈, 돈하면서 살아야 하는 게 인생일까요? 권력은 탐욕을 부르고 권력 앞에 허물어지는 허상입니다. 사랑하는 마음의 소유자라야 행복도 얻을 수 있다고 생각합니다. 이기가 중요하냐 이타가 중요하냐고 묻는다면 둘 다 중요합니다. 자신을 사랑하지 않으면 남도 사랑할 수 없으니까요. 그러나 결국 세상살이는 "배워서 남 주자"라고 생각합니다. 태어나면서부터 모든 건 남으로부터 배운 것이기에 자신의 것이 아니며, 배운 것은 남에게 주는 삶이 아름답습니다.

Q. 만약 본인을 직접 인터뷰한다면 자신에게 어떤 걸 묻고 싶으신가요? 그 답도 듣고 싶습니다.

A. "왜 사냐고요…^^?"

사람은 딱 한 평생 밖에 살지를 못합니다. 그 시한부 삶마저 죽음이 있기에 소중하고 헛되이 살지 말아야 하는 이유가 되는 것입니다. 삶의 가치관은 그렇게 중요한 것이며 늦기 전에 망설이지 말고 하고 싶은 일은 하고, 새로운 도전은 끊임없이 해야 하는 것입니다. 큰 그릇이 아니어도 하나를 채우고 넘치면 그 넘치는 물이 세상을 적시고 또 꽃을 피우는 겸허함으로 살고, 진실은 먼 곳에 있는 게 아니라 우리네 가슴에서 깨닫는 미래이기에 겉과 속이 똑같이 하얀 눈사람 같은 진실에서 자아를 찾으려고 합니다. "한평생"이라는 좌우명으로 살기에 거짓과 농간에는 타협하지 않으며, 잘못이 있다면 솔직히 인정하여 바로잡고 후회를 남기지 않는 삶이 행복하다고 생각합니다.

Q. 오늘 가람 선생님을 이렇게 뵙게 되어 시가(詩歌) 흐르는 서울과 독자들 모두에게 영광이 될 줄 믿습니다. 대단히 감사합니다.

술

가람 지음

발 행 처 · 도서출판 청어
발 행 인 · 이영철
영　　업 · 이동호
홍　　보 · 천성래
기　　획 · 남기환
편　　집 · 방세화
디 자 인 · 이수빈 | 김영은
제작이사 · 공병한
인　　쇄 · 두리터

등　　록 · 1999년 5월 3일
(제321-3210000251001999000063호.)

1판 1쇄 발행 · 2021년 5월 31일

주소 · 서울특별시 서초구 남부순환로 364길 8-15 동일빌딩 2층
대표전화 · 02-586-0477
팩시밀리 · 0303-0942-0478

홈페이지 · www.chungeobook.com
E-mail · ppi20@hanmail.net
ISBN · 979-11-5860-667-1(03810)